给我的妻子张天澜、我的女儿攸米和"我的树"，
谢谢你们持续的安慰

36

第 3 6 届 青 春 诗 会 诗 丛

《诗刊》社 编

万物法则

徐 萧 著

长江出版传媒

长江文艺出版社

徐萧，1987年生于辽宁开原，现居上海。曾获首届光华诗歌奖、第六届未名诗歌奖、黑蓝文学迷途诗歌奖、台湾道南文学奖等奖项。出版有个人诗集《白云工厂》。

目　录

辑三 纯真纪念碑

辑四 神秘之邀

辑五 云层研究

辑 一

技艺与劳作

与外祖一起劳作

我一直在注视他的手。紧握锄头木柄，在挥动时
会自然地腾出一丝缝隙。
土地在他沉闷的低喝中被翻出硬块，随即又被敲碎。
一下两下，每隔三十公分，造一个坑。
在日复一日的重复中，外祖的动作稳定而精准。
时隔多年，我再不曾目睹如此完美的劳作：
在撒下种子之后，又撒下。

2020. 5. 16

"我的树" 与劳作

楼下这棵杨树有八层楼高，正对我的书房
每天我用观察把它私自占有，并命名为"我的树"。

写累了，我就靠在转椅上，瞟一眼它
站在窗边抽烟，会长久地与它对视。

要看树梢，稍微抬头
云就会不经允许，闯入我的凝视。

近日上海酷热，它朝阳的一面被烤干
但枯叶并没有被吹落。在阳光下，它们一样在发亮。

2020. 5. 18

费尔班克斯 142 路①与劳作

阿拉斯加密林，一辆巴士静静停泊
六十年前，它被拆除座椅、发动机，安上暖炉

作为孤独和危险的容器，费尔班克斯 142 路
与星辰和极光为邻。每年都有冒险者

穿越人群，穿越广袤的深林，与它对话。
为了一种限时免费的安慰。

六十年里，松子落下，小鹿长成老鹿又死去，
人类的拜访，不值一提。人类曾经的遗弃，

在一开始就不算什么。
微不足道——克里斯·麦坎德莱斯为它带来的名声

与它长久的招待相比。当直升机吊起它，
宣告结局的到来，它才可能记起：

---

① 也被称为"神奇巴士"。1960 年被废置于阿拉斯加迪纳利国家公园，因电影《荒野生存》走红。2020 年 7 月 18 日，费尔班克斯 142 路被军用运输机吊走，计划肢解，也可能安置于博物馆。

耶和华，美丽的蓝色浆果。

而今年的松子，仍将继续敲响。

2020. 5. 19

暗火与劳作

——给曹僧

　　关于闪电我们已说得太多。关于生活你从来不提。房子多大，什么材质的家具，炒菜用的酱油牌子，甚至连做爱的频率你也没有告诉过我。这些每日翻译我们的燃料，这些可爱的偏移。你反复谈论的鹤，并不能描摹时代的锁孔。鹤在公园踱步，而不是在卧室。

　　就像现在五块钱只能买雪糕，不能买返程车票。鹤也可以在地铁站踱步，但绝无可能在你明天要去的学术会议上。它轻轻踏出的脚印，即使没被碾碎，又有什么意义？通过它，我再次认出你，又有什么意义？除非在上一次的灰烬中，缝合了看见与不见。

2020.5.21

二刷《路边野餐》与劳作

——给柳一酸

之后我们去了四平电影院，为了在重复中
再次诞生。

几年后，在雨燕如棋子落下的崖边，
我虚构了数次的爱意

将海风认领。通关密语早忘了，
那甜腻的绸缎，仍在往恒星的洞穴里滑动。

2020. 5. 22

啜饮与劳作

——给叶丹

但不能去饮落日的余温
不能在初秋啜饮郊县
过于虚幻，或过于坚硬
我现代的胃已被可口可乐麻醉
甚于擦亮，而略低于祛除。
如果一颗晨露，有幸躲过正午
和编纂，或者一个逗号，
能够拒绝出庭
我们就必须要说出一些事。
例如有人走进露天茶座，
叫了一杯王梵志拼斯奈德。

2020.5.23

"子子孙孙无穷匮也" 与劳作

——给肖水

所以他向我讲述：矢车菊、野雉、无线收音机。

哪怕一次，我都没有发现其中的悲伤，如同步行穿越

两室一厅。

"你为何如此执着于那些旧物？

"是否因你要把所看见的，现在的事，

"并将来必成的事，都写出来？

"是否因你与它们签订了终身合约？

"你把木板反复刨花，

"难道是认为它还没有完成树的使命？

"在夜晚，你隔着月亮擦拭窗户，

"就能重现失去的旅行？

"我也不免怀疑，你对古井的迷恋，

"究竟是对映照的错误判断，还是对打捞的无能力为？"

所以他取来一边溃烂的木瓜，剖开，掏去瓜瓤和种子

将好的一半递过来。

我没有接。他手上的霉斑，正说着那个词。

2020.5.28

词级与劳作

玉米、红薯和牛油果，请首先选择红薯。

永远不要提及麦子。

如果要表达"落下"，顺序依次是

落下——掉落——坠落

永远不要使用飘落。绝对禁止堕落。

等等，快删去~~禁止~~。~~删~~去也不行。

黑月精心制作的手铐：误差和诚实的距离。

2020. 5. 28

抄写员与劳作

在河边抄写河流在山中

抄写山峰

在层云深处抄写轻

在露珠折射的光中抄写阴影

雌蕊抄写开放的指令

湖底的灵魂抄写生前的

籍贯

每一种绿都在快雨①中

抄写雪崩的回响——

欲望，请抄写

我们租借的身体

如同救护车抄写我们的履历

在这窄窄的书房

汉语一遍一遍抄写

当代生活

为了一点小小的馈赠

每当这时我就能看见你

口袋里不多的喜悦

---

① 布劳提根《河流的回归》："一阵慢雨在河面上嘶嘶作响，像一只装满油炸鲜花的平底锅，每一滴雨都使海洋再次诞生。"

小心翼翼
校正我对"看见"的抄写

2020. 5. 29

桂花与扎加耶夫斯基与劳作

去开会的路上，他闻到了。
在雨中，水雾扩大了桂花的声音。

仿佛在虚构一个故事，
或是一次致辞，桂花的芳香
如此冗长。字斟句酌，
每一个微小的变动，好像都会
搅乱星球的转动。台下的人
昏昏欲睡，扫视的目光迫使他们
只能以神游抵抗。以为的抵抗。
似乎只要如此，
就真的可以摆脱它的统治。

就像此刻的他，心头一甜，
钻进地铁，假装什么都没发生。

2020/9/23

读高桥睦郎《找井》

若在瓮中我会知道。
四肢纠缠，脸孔扭曲，
翻身是一项工程，
擦鼻涕如宇宙初生。

如果身体缩小，
会好过些。缩到足够小，
比如小成一颗橡子，
"自在"，就可能出现。

但并没有，自在没有，
界限也没有。
只一次，我似乎触碰到了瓮之壁纹
在离开又回来的一瞬。

2019. 9. 13

安达曼海

在所有的凝思中，咸最能刺破。
山在绿中宁定，鸟在违规中冲印沉默的界限。
它们短暂停留于枯枝，又掠过鲜涩的黑荆。
这种神秘，一度为我打开。

无垠，包括对万物的命名，
在你的面前，甚至在你长久的失去下，
我是被告。
我的身体不被允许提笔写下风帆，
如同官僚的汗映不出南十字星的蓝。
勃鲁盖尔①，我已漂得太远，
无法再从一个风暴，进入另一个风暴。

2019. 10. 22

---

① 彼得·勃鲁盖尔，16世纪尼德兰画家，他既忠实于事物细节，又常常在其中加入怪诞幻想。我不喜欢他的农民题材，准确来说，只喜欢《通天塔》和《风景与伊卡洛斯的坠落》这两幅作品。奥登的《美术馆》即为观看老勃鲁盖尔的作品后而作。

埃塞克斯郡邮差

墨绿肥肠大街，死亡精准测算如
一台红旗牌缝纫机。
这世界每天有那么多悲痛，
烧毁通往彗星的地图。
我是自己的广场，
挤满自我流放的陀螺——小小的奇异恩典。
谢谢你的触摸：一次错过，
厢式货车里生锈的鳄梨，以及
"平庸大学"录取通知书。
这些我都不再需要，除了日夜看守的
霜月之门：你的脸。

2019. 10. 28

郊　外

红色围墙，一片黑羽捎来
风暴的讯息。
我渴望你的掠夺，如同渴望爱人引我进入。
暮色稀释甜的密度，以及从中滑出的
焦虑之手。
在无法辨认的亲吻中，
待售的新词宽恕过去的我。
一座私人墓园，闯入它，顺道拜访
更暗的温度。
我想起午后新割的青草，
照亮岔路：
疼痛携带镰刀，提纯悔恨和芳香。

2019. 10. 24

圣诞日读扎加耶夫斯基

至少有三种历史在同一时刻交换意见。
在马厩诞生的昨夜，和在枪声里终结的布加勒斯特。

在昨夜，松针的绿，透着喑哑。
伴随冬日的霜气，缓缓刺破一顶顶红帽子。

蓝色的星辰在波兰升起。
但今天，绿与红搅亮东方，星辰闪耀着帝王的赭黄。

即使白日长空，我也看不清
那从高墙飞出的燕子——它们衔来的究竟是鲜嫩的枝叶，

还是黑亮的手枪？

我无法理解松针的欢乐，也不能加入今日的缅怀。
就像你爱的米沃什，注定是两个世界的遗民。

没有一种颜色能让我放松，也没有谁能引导我走出战栗，
直到来自昨夜的枪声，让历史重归于一。

2017. 12. 26

安　慰

驱车驶往广富林遗址时，
我想到了你。保罗·策兰，
你斟给我的词语，
操控着晚霞的坡度。

大地站在光芒之中，
我在路虎之侧。
更多时候，我在报社写，
在厨房切割，砍斫，烧煮。
它们统称为慈爱：
时间只是在有限度地监护，
而慈爱无时无刻不在掩埋我。

尽管行道树在退，
反光镜仍将它们款待。
一丝不苟的遗忘中，
黑暗为我踩下刹车。
城市之鹭，匀出最后的惊声。

2019. 8. 21

金国鱼粉

在这里生活就是吃粉。
早上吃，中午吃，
现在晚上十一点人们还在吃。
我也吃，和周乐天吃一碗——
晚饭肖水请的，大伙都吃撑了。
人的食量就那么大，
吃了牛肉就吃不下羊肉，
吃多了米线就吃不下米粉。
但融在汤汁里的鱼味儿，
仍能穿透那股饱胀感，叫醒欲望。
他们在暗影里默默打量，
永不退场。
在昏聩的郴州午夜，风吹着，
坏了的店招闪烁漩涡，
我们嘴角的油渍愈发清晰。

2019. 8. 12 澎湃新闻大厦

在特尔戈维什泰①

雪夜，一只螽斯在地下潜行，
收起膜翅，避免任何违规的震动。

奇异的沉默，被安装在信鸽的
喙端。而它不能落下。

它们之间，一把剪刀
正在修剪词语和多余的动作。

马挥动鞭子，
矫正逐渐偏离准则的笑容。

透过镜子，寒风在边境折返。
只要一份文件，太阳就必须推迟落山。

即使在不被注意的时刻，
树叶也不被允许私自落下。

自动，在伟人的词典里，

① 罗马尼亚南部城市，东南距布加勒斯特约 75 公里。

比另一些更加重要，更具美感。

但偶然是历史的法则。
当那只乌鸫再也飞不动时，

沉默就会带着死亡，重回人间。
子弹如同春雨，迅速，温柔，充满慈爱。

2017. 12. 25

少，更少

就这样，事物回到了本来的样子。
但我却害怕认出它们。

好像吊灯，不能只是吊灯。
或许这也对：
我们挑选吊灯，自然不仅是为了光亮。
美在这时成了更大的标准。

然而美无时无刻不在变幻。
在时间之吻里，事物也在缓慢

而执拗地变幻姿态。
那只坚定的手，剥去它们的衣饰，
折金蚀铁。即便这样，
吊灯依旧是吊灯。无论是在空荡的房间里，

还是泥土里，失去了美的攀附，
它们转为一个入口。

美带来愉悦，但真实不会。
真实，只是更持久，更有效地

让我们感到存在和存在之外的事物。

2016. 4. 26

辑 二

银河帝国晚餐

瘦 身

电视里

在播一档

养殖节目：

脆鲩鱼

肉质鲜美的秘诀：

瘦身

人类发明了

逆流池：

鱼在不停地

游动

无时无刻：

老婆的私教课

没剩几次了

2020. 8. 11

陈淑桦冰淇淋

应该有一款陈淑桦冰淇淋，吃起它就能获得数种回忆。在昏夏的县城影院，二手悔恨正悄悄吸取我们年轻的脸颊。白鹤在公园投币，然后消失，犹如牙痛。

2020. 8. 3

黑森林与避孕药

麋鹿吃下它，油墨打印出潮涌。
在重庆，情人旅馆酝酿脚步：蛋糕上的樱桃。
那么松香就会先于黄昏
宣告：只是失踪。蕨类在密语。

2019. 11. 23

一场球赛

中场休息时，星云女士买了一杯冻土可乐。

暗物质漂亮地偷袭，引爆场外的超新星。

边缘在加速膨胀，回放显示时空射手已然越位。

你从黑洞捞出月球：

叹息中，那只手轻轻抖落一艘倾尽全力的飞船：

无花果巨大的叶片。

2020. 8. 4

晚　餐

前菜是帝国斜阳沙拉，得先尝英吉利牛油果。随后是武昌熏鳜鱼和橘子洲鹅肝酱，不可同食。

《癌症楼》作为副菜多少有些喧宾夺主，但万世太平煲一出，就再没人记得它的涩。甜品，伶仃洋的幻妄之水捂住一切噪音，包括擅自的蜜语。

2019. 10. 2

在月球

谁能给我一颗番茄？谁来，给我推销保险？
太快乐了，再也没人嘲笑我的舞步。
看着光溜溜的地球，终于不再为美国担忧。
是时候说出那个秘密了。我曾打碎一件瓷器。

2020. 7. 8

寻人启事

停机坪上一朵雏菊。白云等待
它的子民：最新通知和一把永不击发的手枪。

"非常可乐"蚂蚁背负波音 747，飞往"甜美结局"
国度。雏菊等来了失踪百年的子弹。

2019. 10. 2

梦境美术馆

到最后，依然什么都没有发生。
河面没有解冻，群山静止。而爱，没有到来。

我被看得见和看不见的事物描绘，
来来往往的人群也参与其中。

推土机用于呼吸，柴刀收割胃液，
计划周密，不带怜悯地织起一班银河列车。

我坐在末排，左边是个理发师，
右边是个演员。他们一个指点我的生活，
一个默不作声地抗议我发胖的身体。
但我感受不到重量，空间在羞愧中被稀释。

透过车窗，水母成群结队，吞吐星辰。
瘦老虎衣装笔挺，在红色高尔基车站等候。
我下车，他找到我坐过的位置。
理发师对他说话，演员默不作声。

银河在高压线上继续开动。
变压器给田野加热，青蛙在里面想象夏夜。

一个男孩提着罐头灯笼走来，
我本可以同他一起回去。

没有人在面对完成时会毫不迟疑。
等待，像宇宙为人预备的病院：

想要离开，得先进去。而黑暗，正是它的作品。
凝视，被吸引，然后成为它。

2016. 1. 12

瘦老虎

我在电视上看到它，奄奄一息。
虎笼宽敞，假山和真水虚拟出文绉绉的野境。

人们对着镜头讲出自己的愤怒，
他们期待，老虎能够展现野兽的姿态。

撕咬，怒吼。"或者撒娇也行。"

我关上电视，走出房门，进入城市的夜晚。
楼群耸立，霓虹闪烁。

它们一同驱散夜晚的自然时态，
使它徒具时刻的意义。

人们自然也要屈从于自己制造的光明，
在早被遗忘的黑暗里恐惧黎明。

正如此刻，出租车一张一翕，
衣着光鲜文质彬彬的野兽们鱼贯而出：

一边期待，一边嘲弄蛮荒。

2016. 6. 20

时间压缩机

秋山之下，溪水及膝。
少女站在桥上，不必担心。

让她心焦的是一群鳟鱼。
它们逆流而上，使劲摇动身体。
晚霞从少女脸上缓缓卸下。
慈爱之手。

夜晚就要到来，透过桥墩，
她知道溪水正在变凉。旷野，
为少女准备了浩荡的宁定。

虫子振动羽翅，松针摩擦，
鳟鱼在其中重新勾勒自己的轮廓。

少女她急切地
想要与这一切拉开距离，光明也好，
黑暗也好。她渴望母亲眼中
倒映出的自己，而不是笨拙洄游，
却又好似冻结在水中的

鳟鱼。它们的每一次努力，
都仿佛是在催促她加快脚步。

2015. 12. 18

途经诸圣堂听唱诗

我不信上帝

事实上，我什么都不信

但那歌声仍然打动了我

我感到里面是有什么

一种悲哀情绪袭击了我的思维。

尽管它孱弱、矮小

和我的肉体互相厌恶，相得益彰。

在那一刻，它明显感受到了

——没有什么在指引我。

星星很远，车很多，

我站在上海的街边，

在地球的边缘，等待

信号灯变绿。

我已顺利地忘了马上开始的米沃什读书会

（关于拯救的话题根本不重要）

似乎没什么比此刻更吸引我

但可能，此刻也和我手中的电子烟一样

一种虚假的安慰。

竖起耳，人言无波无澜，木星显露红斑。

2018. 12. 1

延安路小夜曲

他终于发现，描述人
比描述风景更困难。

这样一个普通的春夜，
他站在潮湿的风里，等待
最后一班公交。
什么都不会发生。

新枝抽芽，城市缓慢
而慎重地吞吐云雾。

他想到早些时候，
在食堂的一次交谈。
那个老编辑，向他传授
说话的技艺。

词语中的笑脸，
词语中的幸福和更多的不幸，
词语中桃花的甜，
词语中，一次沉静
而恐怖的润色。

但他绝口不提生活，
也不提被射穿的理想。

老编辑嚼着米饭，
吐出一句一句
说出来就该被遗忘的经验。
可是这些话，
反复出现在他等待公交的时刻。

公交迟迟不来，
但他不担心。他只是想着，
"描述人比描述风景更困难"，
——"也更迷人。"

2015. 5. 23

云的理论

虚幻的事物更让人着迷。
大河群山，白头如新。

再比如，云朵。
它们曾经很柔软，也可以很坚实。
仙鹤在上面踱步诵经，
神人拎起云角，抬手就是一座城池。

即便喷气机的引擎驱散它们，
人们也仍然愿意寻找另一种的可能。

我看见，少年用层云雕凿女人，
女人抬眼，一片雨云带来一个久候的口信。
面包，子嗣，还有从未降临的天国，
都隐匿在云朵的背面。

美丽，低眉顺目，
只要愿意相信。
到处都是美丽而温顺的云朵：
大河奔流，云朵；鬼魅成群，云朵。

是的，虚幻的力量过于巨大，
如同春风，或是暴君。
但是总有人企图推翻它的江山，
他们在夜里，弯弓搭箭。

不断射向天空，尽管并不确定，
天气会否晴朗，万里无云。

2015. 7. 6

不太重要的时刻

地铁从一端插入城市深处。在规定的时间
喘息，并且面红耳赤。
这个秋日早晨，一切都有些偏离。
雾气还未起，有些人就已经迷失方向。我也是。

我甚至有些癫狂：仿佛我在南方，也在北方，
在城市，也在乡野。
大街上每个人都在欢欣鼓舞，患者与癌细胞一同
喜极而泣，婴儿在子宫里雀跃，野狗在被
撕开的一瞬，
"热烈鼓掌，起立，在热情洋溢的气氛中
持续数分钟地欢呼——"

我看不到母亲、父亲和儿子，
也看不到诗人、律师、有钱人、劳改犯，通讯录的名字
一夜之间全部消失——还有两个，
来自奥地利的 Adolf 和来自俄国的 Vissarionovich。

他们一起向我祝贺：
"多么伟大，一个崭新的时代正在来临！"
崭新，而又似曾相识，

似乎我短暂的生命里，已经反复咀嚼过这些场景。

毫无疑问，是我自己出了问题。

所以必须伪装：抬头挺胸，坚定步伐，热情洋溢地
微笑，在走进广安路 17 号办公楼的一瞬，双手先于意识，
加入众人，鼓起掌来。

2017. 6. 23

辑 三

纯真纪念碑

大场镇秋日法则

你提着瘸脚的椅子。有一片天空把芬芳喝干，
一株桂树泄露触摸的艺术，
风竖起晚霞，我想在此刻记起什么，
却发现遗忘得更加彻底。
在南中国的晚秋，城市如一只杯盏，
一个父亲在它的边缘散步，在"无"中探寻慈爱之法。
攸米，我的女儿，
你眼里的水叫住我，燃烧我如我燃烧自己。
在那之前，我熟悉各种失败的形态，
比如在干涸的湖泊里游泳，
从死者的证词里取蓝。还有一次，我几乎
就要随一只蝼蛄一起滚动星辰。
现在即便宇宙屠宰场永不歇业，攸米，
即便生活的歉意迟迟不来，
我也准备好了，在庭院里端坐。
仅余的、小小的，一块不那么蓝的天空，
捎来春雪，引我上升，又带我下沉。

2019. 11. 11

和女儿学说话法则

更多时候，你用眼睛，
用尿片上传来的热度说话。
你脚上新增的嫩肉也在描述着
时间的秘密。阳光透过窗户，
照在你小小的身上，
你呼呼。
我想起小时候出门撒尿
被星辰笼罩的时刻。
现在，你说咿，我跟着说咿，
你啊啊呀呀，我也啊啊呀呀。
在你简单的语法面前，
那些美丽的句子统统失效。
一种芳香之力。
我忍不住背过脸去，在那匹马
返回山中①，雪和更多的雪到来之前。

2019.11.22

_____

① 洛尔加《梦游人谣》："船在海上，马在山中。"

肠绞痛法则

人对恶事的想象可以凶怖如斯:
黑鸟榨汁,轻涂少女之唇。
山把谣言捎来,殷红如新鲜的露珠。
　　　　　　我的攸米在哭。

2020. 1. 27

纯真纪念碑法则

八月正午，晴日照管河畔的一切。

草绿得舒心。

我走在发烫的堤岸，

无聊的童年时光，蚂蚱和青蛙

已不能激起欲望。

往河里撒尿，抬头看会儿云。

一只白鹅踱过山影的控制，

那么闪耀，那么美。

我扼住它的脖子，

翅膀扑起的尘土吐露迷人的雪讯：

生命在结束生命的一刻呈现。

慈悲，在恐惧开始擦拭自身的同时被唤醒。

我知道母亲在等我回家，

桌子上的樱桃，一个比一个粉嫩欲滴。

2019. 10. 26

教谕法则

在中国，确切地说在上海宝山观澜泓郡小区，
我把空调开得很低，灯调得很亮，凉爽又舒适。
这是人为制造的清凉与明亮，
外面的溽热是更大的真实。我不得不走向它，
走进那灰蒙蒙红彤彤的城市之夜。
在风暴酝酿的夜晚，
加速奔向第二次的起跑。当我享受倾尽全力后的
虚颓时，一道闪电划过晦涩的夜空，
像一句令人惊悸的话语。我听见一个丈夫
对他的妻子说："拉上窗帘！别吓着孩子。"
但闪电仍然穿透了帘幕，爬满墙壁，
爬上书桌，在课本密布的正确里游走，衰弱，消弭。
炸裂的雷声里，一架大场机场的战斗机无声掠过。

2017. 8. 7

应许之事法则

1 ∶ 1

山坡上的是花儿，河边的是花儿
墙角钻出的是花儿，雨云浇灌的是花儿
餐桌上有花儿，梦里有花儿，
哭声里有花儿，雪山也会有花儿
时政新闻里不经意的花儿，夜里偷偷开放的花儿
被修剪的花儿，不被注意的花儿
蜜蜂吸食的花儿，夹竹桃有毒的花儿
聚拢成一束的花儿，路人不断践踏的那枝花儿
被反复歌颂之花，被边界定义为某国之花
入药之花，入泥之花，
泥土里结出马铃薯的花儿，你小手缓缓伸出
并叫出名字的花儿。

1 ∶ 2

人工湖亭，我抱着你，
指着荷花的方向，攸米，好美啊
你却顺着声音找到了我的嘴巴，

我提高音量，试图描述荷花有多美，
发现词语的废墟。

1：3

四个月零两天，你学会了翻身，
全家兴奋了好久。
六个月的第二周，你突然坐了起来，
妈妈和奶奶激动把手都拍红了。
后来，你吃下了第一口米糊，
并用那张小嘴叫了妈妈、爸爸，
我红着眼望向你，
又望向窗外：树叶和昨天一样亮，
荷花一样白，
保洁员正在为楼门例行消毒：
如此平常的一天。

1：4

风吹着，吹啊吹，
我们一起在狭小的院子看风吹动花儿
你如果问，风为什么要吹
我就告诉你，是花儿要开放
我就告诉你那是，允许的碰触，爱的声响。

1：4. 1

风吹来三种祝福：山雨、白帆，和你的脚步：

如那棵树，栽于溪旁，按时候抽枝，准时结果

凡你所作的，尽都顺利。①

1：4. 2

风吹啊，从地上吹到天上，

从尘土到云朵，中间隔着数种野兽的利爪，和日复一日

劳作的我们。它吹动大厦，那么重。转眼又轻轻地

描述着你的睫毛。你闭上眼，风就更温柔了。

1：4. 3

风吹着，吹啊吹，树叶就落在了你的肩膀，那是宇宙

精准的计算，还是一次激动人心的意外？

1：5

在女儿出生前夕，我又想起那个

失踪的夜晚：

月亮升到中天，挨家敲窗。

我家在近河的一排，

中间是苞米地、蒿子，和沙石筑成的矮堤。

跨过它们，就可以踏进小河，

---

① 《旧约〈诗篇 1：3〉》：他要像一棵树栽在溪水旁，按时候结果子，叶子也不枯干。凡他所作的，尽都顺利。

再往前，是黢黑的群山。
借着亮光，我往更黑里看，
对妈妈说别哭，你的孙女就要来了，
她会吹着口琴，为这个夜晚
找回户口。

1∶6

小时候，我爸总是喝醉。
然后打我妈，打我，
我就咬着牙说"等我长大的。"
后来，他们离婚了，
我和妈拥有了平静和快乐。
已经十多年了，我没有再见到他。
没有原谅，但也不再仇恨。
那些疼痛和恐惧，不会消失。
但某个冬夜，他带着寒气推门而入，
笑着从怀里掏出的苹果，
毫无疑问也是甜的。

1∶7

星期三，下午三点，热奶150毫升，辅食是苹果泥。
我仔细看着冰箱上老婆贴的《攸米作息辅食表》，
然后从冰箱里拿出一个洛川红富士。

削好皮，在女儿专用的菜板上，用女儿专用的陶瓷刀
剖开。仔细剜出果核，又把果核周边的果肉削掉，
一股脑塞进自己嘴里：果然有点酸。
为了不被动物吃掉，越是靠近种子的部分就越酸。
但我无法确定。但我不必确定。

1∶8

蟋蟀，星天牛，金龟子，爸爸
独角仙，蝼蛄，地虱，悦鸣草螽，爸爸
宇宙盒子里的弹奏，爸爸
褐边绿刺蛾，豆娘，萤火虫，爸爸
秋草和露珠逗引的膜翅，爸爸
草蛉，蜉蝣，白额高脚蛛，爸爸
蚰蜒，马陆，水黾，土蟥，爸爸
由美和恐惧接待的重量，爸爸
萨福，曹操，索尔仁尼琴，冯至，布考茨基，爸爸
香奈尔，收音机，人民公社，微信，爸爸
一次返回，再次返回，爸爸
在大地和天空之间，爸爸只能教会你一个词。

1∶9

为了让你多见见人，我们带你逛南陈市集。
各种各样的脸，透着善意，逗你笑。

你撇撇嘴哭了起来。认生，尴尬的父母解释着。
一只虫子，叫住了你。你伸出手，
却被拦了下来：不行，危险。

2：0

在你刚满周岁的时候，我们回到了东北老家。
雪终于走进了你的眼睛。机翼上薄薄的雪，
正在坠落的细雪，高速路上肮脏的雪，
平整的雪，凹陷的雪，旷野里站成一棵树的雪，
那么多的雪，那么多形态的雪，
它们曾经多次拜访我，教会我怀疑，不安，
用下降，让一个少年理解美，
又毫不留情地摧毁它们，在沉默中，
制造惊心动魄的冷。
与风一同，扮演消音器，或大喇叭，
一个县城的情报系统。
尽管已离开二十余年，雪仍在我的身体里低语，
竖起界碑，提醒每一次的逾越。
如今雪进入你，在你一无所知的时候，
在我体内的湖水逐渐涨满的时候。

2：1

我曾经长久地注视湖水，在青海。

它平静，浩大，容纳白云和天空的一角。

然后在内部，私自孕育，
精确如一台缝纫机。

我也曾每日观察妻子的肚皮，
毫无变化。

但是仪器确认了我们的猜测，
你每天都在好好地生长，

你的心跳平稳，体重渐长，
在子宫里，转圈。

有一次，仪器告诉我们，
你脖子上的勒痕，是脐带绕颈。

谢谢你让我们免于担心，
在我们知晓前，把它解开。

如今，你像怪兽一样在家里搞破坏，
每当要发怒时，我就想起那片湖水，

它轰鸣的发条，曾那么宽容地允许我的闯入，
监听其中悄无声息的生和死。死还更多。

2 : 2

所以我常心怀感激。完美的规避。感冒胶囊上的铝箔。薄薄的塑料垃圾袋。一本没有销量的诗集。所有柔软的事物。所有看似普通的日常。陡峭的云。我在重新理解它们的危险。在不断的犯错中。

我也被重新定义。在你的疼痛和下一次的疼痛中。昨天是一面平滑的墙壁。更多的时候是禁止的语言。和甜美的食物。它们在长久的规训下异常稳固。只有你的宽容。一次次地质询。

1 : 4. 4

风就要停了。我知道它们还会再起，
为了照拂一个充满愧欠的夜晚。
攸米，等你长大，我该如何向你描述今夜？
在星星的遗址里，一把手术刀按下了发送键，
爸爸得以幸存。
在奇异的沉默之后，爸爸还是把头转向了
厨房，为妈妈准备明天的早餐。
蝉在叫，有些吵。
我根本无法分辨其中的区别，哪一只
比另一只更具引力。但我知道，
等待脱壳的都已早早闭嘴。
第二天走去地铁站时，

地上除了蝉蜕，还有没能完成的整个尸体。

或许是遭遇了风暴，或许仅仅是一次小小的偏离。

多希望，你还有机会发现它们的奇异。

2020. 8. 6

辑四

神秘之邀

救护车一次不可避免的停泊

神秘之邀：雅纳切克

> 不过那不是我们家的玉米地，所以这些玉米
> 其实是偷来的。但是谁能发现呢？
>
> ——是枝裕和

我已经迟到。但我应该更加迟缓。
当我抵达，期待中的衰老并没有到来。

冬日为**长谈**[1]准备了丰饶的沉默，
松果在意外的时刻坠落，
星辰的侧脸仍在等待一次违规的探身。
在楼群的暗影里，
神秘对我们关上了门。

哦舒尔佐娃，
你的声音在此刻成了我的声音。
一种新的甜蜜也在老虎的腹中诞生，
而伴随着数种悔恨，愈发迷人。

趁着天还未亮，我必须离开。
但在回头时，总忍不住多看几眼宇宙中心的
那棵接骨木。

两次长谈：陆游与里尔克

我的一生从未像现在这样，找到真正的平静。

——雅纳切克

当他老去，他才真正变得年轻。
在一次性的返回中，逐渐平息的风暴再次蒙尘。
漩涡中的梅花，永远失去了落下的可能。
他看到两位诗人的遗产，仿佛是时间之外的梯子，
上面放着精致的瓮。但打开限制的法则不在这里。
他应该去完成别的**冒险**[II]，或把葬礼放在人间。
只是一切都太晚了，黄昏已经降临。
无法离开，也无法往更深邃的痛苦里挪步。
他将永远徘徊，直到另一个太阳烤干灵魂里的露水。

冒险法则：贾科梅蒂

秘传一字神仙诀，说与君知只是顽。

——陆游《鹧鸪天·看尽巴山看蜀山》

阿尔贝托，让我向你诉说

我是如何偷习你危险的技艺。

在一次交谈之后，

我看见你走进一栋**环形公寓**[III]。

有个女人用吻款待了你，

你粗糙的手攀上了她的脸。

仿佛在打磨一件作品。

在黑暗中，你点燃一根火柴，

楼梯传来的脚步声

点燃了你。一种全新的孤独

被命名。

在一闪而过的热情里，

你与自己背道而驰：

无限地趋于擦除，无限地趋于

那新鲜而滞涩的咸。

环形公寓：渡边淳一

　　　　有一天我在街上看见了我自己，活像那条狗，

　　我就是狗。

　　　　　　　　　　　　　　　　——贾科梅蒂

"与我交往时，纯子同时还有五个男友。

在投水的前一晚，她在我家的窗台上留下了

一束火红的康乃馨。她也给了另外的男友。

她不爱我，也不爱他们。

但我仍时时邀请她到我的书房——在她死后。

我不说话，她也不与我交谈。

客厅里电视机声音很大，孩子们也很吵。

有个女人在跳减肥操，哦是我的妻子。

在沉默制造的规则里，我忍不住看了眼纯子。

她嘴角微动，似乎在说：天守阁。

是的，'爱上男人，还不如爱上这城楼实在。'

一种刺痛感远远传来。这正是围栏里的**老鹿**[IV]需要的。

我隐隐期待着，在对视中辨认自己，

然后在行星的遮蔽下，纵跃。"

鹿角画室：沙朗·奥兹

> 在东京人看来，乡下只是偶尔换换心情的地
> 方，只是纯粹的游玩场所而已。
>
> ——渡边淳一《情人》

从画室的窗子望出去，一些星星永远失去了光芒。

另一些暂时以麋鹿的形象向我显露。

它们在旷野中伫立，只能辨认出轮廓和角的纹理。

顺着这些纹理，你找到了我的小腹。

此刻画室一片绛红，几株绣球在私语中释放月色。

里面的群山，在笔刷之下跃跃欲试。

也许是沉寂太久，预想中的迸发并没有如期而至。

鹿群开始躁动，鹿角绵密如同**乌云**[V]。

雨水仍在积蓄，似乎只一次便要下上四十个日夜①。

云层研究：是枝裕和

> 我的身体可能永远学不会不去渴望那另一个。
>
> ——沙朗·奥兹《不去找他》

雨水洗刷过后，县级公路散发出山的味道。车开得很慢，云也就很慢。这是一次必须的返乡。他知道有很多人在等他。一百公里的路程已经停过三次了，但他还是在下一个服务区选择了休息。今天的云有些不一样，有的很白，有的却染上了灰。是啊，洪水能冲走一切，但不能冲走无法企及之物。他知道，那些等他的人也不是真的在等他。一刻钟过去了。他看了看表。分针滴答，时针端正。一个男孩在缠着爸爸买玉米。他在他那么大时，玉米从来都是从地里掰来直接吃。他从来不会想这是谁家的地。就像躺在河边看云，自然而然。男孩买到了玉米，爸爸问甜吗？"糯的，有些黏牙。"上车后，他一直在想，那个男孩可能一生都没办法剔除那种黏着感了。而他，也再无法停下，哪怕一瞬。看云也不行。

---

① 《新约〈创 7：4〉》："因为再过七天，我要降雨在地上四十昼夜，把我所造的各种活物，都从地上除灭。"

白　掌

夏天到了，绿风操控危脸①。
你为银河售票。在胶州路蓓蕾幼儿园，
一些被监禁的词，测算
纯真的坡度。你抓着你坚硬的乳房，
犹如发动一场叛乱。那只壁虎，
倏地探出舌头。铃声如飓风。

2020. 5. 24

---

① 对桑克自造词"晚脸"的仿写。

静安寺观雨

雨在这里毫不稀奇，它们
在恰当和不恰当的时间落下，

选择封闭一座城市，
又开启它。或者敲打车窗，

或者袭击公园里的森林。
而此刻，是我。

我站在地铁车站的门口，
手里拿着一本诗集，

但我不能去读。
也不能去问小贩，伞的价钱。

人们都在等待。而我
将那本写满事物的书，顶在头顶，

冲向无人的街道。

2012.8.30

擦眼镜学

　　出门在外，我会随手拿起身边的东西擦眼镜。衣服，地毯，餐巾，方向盘。只要不是自己的手，什么都行。但在家，我就会找那该死的眼镜布。枕头下，地板缝，锅底，路由器天线。它们的共性是在可能与不可能之间。方向盘擦眼镜的可能性还要大于餐巾纸。它先被设定为用于写。一张写过的餐巾威力太大。它有可能让我真的看清什么。

2020. 4. 17

布列松摄贾科梅蒂在巴黎

他与人们一同往前。树的影子往后移。

前面是一幅巨型广告招贴画：
亲切的主妇，拿着水果刀。
雨水打在她幸福的脸上，
然后又顺着商店的屋檐滴落。

他期望被生活的幸福感染，
但刀子让他恐惧。那薄薄的锋刃
自然不只可以切开水果。
雨水，在刀尖上一刻不停。

贾科梅蒂就要走到
路的中央。

路面很宽，但他几乎不能
有一点偏离。左脚靠近一个男人，
右脚被一个女人接近。
树的影子，被人的影子淹没。
雨线里，光仍能在人缝中穿梭。

他不得不与所有的男人和女人一起

抵达了对面，准确、妥帖。

他知道，主妇就在上面。

庞大而真实的暗影笼罩散开的人群。

人们一个接一个，回头朝他微笑，挥手。

每个人都长着同一张亲切而

美丽的脸，像他自己。

丰腴、富饶，等待着镰刀。

此刻的贾科梅蒂，独自一人

等待返回的时刻。

因为刚刚抵达

他也毫不意外地，成为了瞬间的唯一。

他从暗哑的灰光中，抽出

一把钝刀——它曾被广告牌定义为

水果刀。

尽管时间还没到，车来车往，

他却感到不能再等。

像野兽提着牙齿，贾科梅蒂提着

那个笑容，在违规的返回中，

开始切割。

2016. 4. 28

去美术馆

他们坐在出租车后座。
他们对话，偶尔彼此凝视。
他们共同闯入夜晚，
他们一个解开过紧的衬衫领扣，
一个把手挪到身侧。

在一个小小的封闭空间，
在司机的窥视之下，
他们假装成老虎、幸存者、
好人，和隐士。

晚春的夜风细细，
在车的加速下，被层层展开。
灯光又将它划破。
那倾泻出来的红色，
让他们发现彼此，一个男人
一个女人。

尽管司机一言不发，
却意外地成为颜料派发者。

只要他们还在里面。

2016. 5. 23

南十字星下

——悼友人

我没去过肯尼亚，在你的朋友圈里
我学了一个新词：马赛马拉。
热带的阳光照射着狮子、斑马、羚羊，
草没过它们的野态。
如同命运没过我们所有人。

这是你眼里最后的风景。
馈赠。我啜饮它们，迟到的苦涩。
今夜，在南十字星下，
被圈养的蛮荒露出如出租车般的临时性。
军阀和母亲，历史和宇宙，
杀人者和被杀者，同样普通地
埋在一棵金合欢树下。

但普通，有时
更具意义：一个人即是一群人。
我们都曾认真生活，
工作，健身，生养子女。
我们曾无比热爱，又必须时时抑制
对崩溃的凝视。

如今，一切都已熄灭。

没有歉意，以及任何一种计划外的安慰。

2019. 8. 21

云层研究

昭金魏氏宗祠听湘昆《马前泼水》

——兼赠郑小琼、玉珍

而玉珍还在给小孩子拍照，他们像
小兽一样奔跑喊叫，眼睛清亮而
深邃，仿佛梦里无数次溺死的深潭。
小琼已疲乏，在暗影里打盹，
在乡民中收缩成一台熄灭的缝纫机。

一只白额高脚蛛匍匐在"人民公社"，
下一秒又移动到"要想富"。所有的文字
在它那里都一样，都是横平竖直，
既不能指明方向，也不会在黑暗中抽出刀子。
同样的还有来自同治年间的石墙，
无论是砍斫还是粉饰，它都一概接纳。

诗人深情朗诵，村民们奉献热烈的掌声
然后把更热烈的掌声奉献给歌手、湘昆演员。
我一口接一口地抽烟，
想着那些没有着落的文字。
恍惚间看到小琼和玉珍专注的眼神：
戏台上，朱买臣决绝地甩开崔氏，

如同射灯外，执拗袒露身姿的那颗星辰。

2019. 7. 23 于郴州返沪高铁上

白云工厂

0

"收割后，城市一贫如洗，白云涌动。
请允许一些工厂生产视野，让人远望当归。"①

1

野兽的牙齿，山泉的牙齿，
村庄制造的喧扰，和它们的牙齿，
瓜熟蒂落，随风摇曳。

---

① 语出《与水书》，2009 年 10 月之作，这首诗不过是它的一个注脚，但并不比其更加丰满和富饶。痛苦、悔恨，不会对于新词的发生起什么作用。很长一段时间，我尝试伪装成柞蚕、聪明人、遗失心爱之物的黑猫，很遗憾，我依然对世界一无所知。此刻，黎明把自己托付于机器的呼吸，在这颤抖边缘，仍然有人吃饭睡觉，仍然有人在吃饭睡觉之余，谈论往事，危言耸听。所有的制造，"所有我说出的话都应该被忘记"，欲语之言不值得期待，正如从洞口看到的光都是来自外部，一首诗也只不过是另一首诗。

2

从一颗不被采摘的果实开始。
山泉在兽骨中悬挂起来，
神明低垂。我的祖辈们碌碌无为，
他们选择春耕秋收，选择在
冬夜野合，或者规规矩矩的生养
一群子孙。

3

比如，这样的一个早晨，
外婆压水。水花生成于铁盆的边缘，
又洒到地上。她看着平静的水面，
想到还是姑娘的时光，她知道
那个面如刀割的男人，此刻正蹲坐
在门口，心无旁骛抽着他的旱烟。
她也心无旁骛地掬起一捧井水，
冰凉的夏令时在这一瞬清晰起来。

4

现在我要为你描述那片沸腾的田野：
豆地、麦田、玉米林，

它们在痛苦中生长，它们注视的
那被称为河套的流水，也从未
享有被期许的神圣和丰饶。
在一个充满隐恶的时节，它却试图
葆有平等的精神。既不排斥
牛粪，崽子们的尿水，也收容
黄昏时女人的身体。快乐不是禁忌，
快乐是熟睡的堤岸，没有不安。

5

然后，去挥舞鞭子吧。
抽打裸露的岩石，在它们的呻吟里
万物生长，像被驱赶的羊群
不必思考方向，和旁边的另一头是谁。

6

镐头，刨开土壤，磕碎硬块。哦不，
首先是啐在掌心的唾沫，和扎稳的架势。
春风无善意，挖深人们的眼窝，
也带来可以吃的植物。河水暴涨，冲毁鱼的居所。
妇人们临时信起了耶和华：
保佑俺们吧，保佑爷们儿们打回柴火吧。
我也跟着默念：

清水来，浑水走，到明年，再回头。

7

所以，就在想啊，火车，还能回去吗？

8

回去吧，看一神炫舞，抖动身体。
另一神的鼓点密集起来，为我呈现前行的

方式。我那腐朽的先人，
请以你们的诚实，拖拽我惶惑的视线。

它们闪烁着，如切如磋，如我母亲
柔弱的一生。如今，我却要出卖它们，换却

旷野里的一丝微光。

9

你看，被微光照亮的是山的暗面，
被放大的是执拗的低音。
林中高木被砍伐，满月的腹部被剜出
雨水。啤酒瓶盖，将死的善言，

是日夜被摧折的蓬草，火车在草上
疾驰。

10

最终，它停在黑龙江富锦县，记忆
在此打了一个顿号。蚊子和馒头，
两种粗暴都变得温润，生生不息。
火车道通过继续向北延伸，
而变得缓慢。对面的七星河，
以及七星河对面的世界，我从未
注意。时间伸长，躲进锈蚀的锁孔里。
并且忠实地记录下，疼痛和衰老。

11

包括冬天，以及父亲带回的苹果。
我在炉火的内部，炙烤红薯
和山楂，一部分用于被冻伤的脚。
另一部分，也就是全部，
来自跪下的双腿。母亲想为我剔去
指甲缝里的泥土，我却想把它们
塞进胃里，填充我羽翼初成的欲望。

山坡上，衰草自我诛伐，内里是

一个青年的热情。山坡下，
县际公路坦坦荡荡，旁边是间
小杂货铺。世界由此呈现，美丽
以及虚假的美丽。直到一天，
危险像关里人的口音，从搪瓷碗的
底部蔓延开来。

12

那个我用一个夏天的塑料鞋底，换来的搪瓷碗，
从盛放荤油，到成为静物，旁观黑白电视和
邻居的争吵，中间隔着多少道路，又为道路所囿。
我开着灯睡觉，不须飞蛾提醒窗外的漆黑，
我闭着眼睛不是为了理解它们。
山与群山撞击，群山撞击失群的宿鸟，
山与楼群撞击，楼群与整个星球、一节背道而驰的车厢
撞击。我想成为它们。

但还不够，城市为道路所阻。我从菜市场经过，
花七毛钱买了菠菜和水芹。晚饭在夕阳中进行，盛放
静物的搪瓷碗又被利用起来，本该如此。
接着，在还没有完全掌握火车对房屋
发起的讽刺时，父亲收拾起木头，从它的一端，
到黑白电视的另一端，完成一次新的独白。
而外婆还在那里，掬起一捧井水，

洗净灶台对她的熏染。对于一切，明媚或者撞击，
她连接受都无能为力，也不去试图开启。
开启什么，毫无意义。

13

可是，当她面对她的男人时，就会提出各种要求。
一堆废弃的旧砖瓦，一半烂在地里的老黄瓜。
另一半被叉成条，喂食鸭子，
偶尔她也会捡起一条，送到嘴里。她用肥皂洗手，

但并不经常。我从没想过，她的生活并不全是由名词
构成。没人如此，甚至村头石桥，每天卖弄疯癫的婆子
也不是如此。
那个婆子，也会笑着念叨一个名字。

14

几年后，我的外婆也疯癫了。她感到四个人的屋子臃肿
不堪，父亲成了猫头鹰。诸如此类。在差点打碎那个
搪瓷碗后，她的子女们把她送进了疯人院。
我去看她，她认出了她的外孙。
我没有为她扒开那个橘子，说了下我被评为三好学生，
带着后来才觉察的"失望"走了。祖先们
紧随其后，步出楼门。外面云朵悠悠，子孙无穷。

15

从风的遗址里，我凝视它们。接着，我又从市府大院的
围墙凝视它们。我能够看见的，是它们，衣冠楚楚
而又碌碌奔波。去取樱桃，不是别的什么。我又去取
我的身份证明，急迫地想要认领我的樱桃。为了让它们
反复结实，樱桃。火车，汽车，蜻蜓战斗机，
我的行囊里只有它们。白云悠悠，樱桃子孙无穷。

我凝视窗子里映现的母亲，外面是飞机的翅膀。
母亲还是那么美丽，它们引我到我正在的地点：云上。
它们吹拂"云上"的对应面：月亮。我感到我，
不再是自己的唯一居所。一个行星加速，被邀请，
或被孤立（重新定位）。又在它的对应者面前，
做日常的生息：所谓的运行，或者规则运行。
比如这一次，在拿走我的樱桃后，又赋予它们性格。
风景的格局起了变化，像山，又似群山，与楼梯和解，
为我展现温顺的一面，庞大的温顺，其中隔了不知多少

月亮，和它的对应者。

16

如此，盛事铺展开来。

睡眠里的节奏，蝉鸣和蚕蛹的节奏；

各自的人，被旅行者敲打的人，

向泥土的湿面倾斜的躯体；不被触摸的躯体，

不被弹奏的琴音，交相呼应。最初的泉水

转换成一面镜子的泉水，隐藏劳作和歇脚。

停靠在工地的铁锹，收齐伤口，高置的

蒸汽机车，收齐上面飘荡的妖物，

（草丛里被谁蜕下的赭色衬衫），从滩头捎来的瓷片，

为海面带来油花，在岛屿的罅隙中加固，

在电梯间的喘息中，向人们展示

坚果落地的气味。院落中鸡舍和一眼洋井，

绳索断了，青叶繁茂，尖端拴着失群的雨水，

    不能置换。母亲和母亲，不能置换。

    历史学工作者，社会学家，出售记忆和痛苦的

    形状。一朵和一层，适得其所。新上市的萝卜，

    冬夜地窖里储存的土豆，最终在油锅里

    改变声调，适得其所。广场，和它的同伙，

    博物馆中的物件，教会人们懂得宁静①，

    求仁得仁。

文科男生，文科女生，手举着花朵，或者践踏

它们。墨色，~~像这样："好看吗？""好看"~~

~~"说给我听听，那"~~

----

  ① 塞弗里斯《水罐》："一只水罐在燃烧的国度里，教人们
如何懂得宁静。"

体会失败爱情，和由此产生的下一行诗。也是
失败的。那么换个说法，你看上面的空白，
四四方方，端坐在那里。墨色，也像那样。
可以填补山河，也可以**置换**睡前的最后一个动作。
是的，我的占有者们，我已经等了太久，
除了铅水我还能期待什么，封邦建国以花园或者
重回母亲的子宫？

　　　　　　醒醒吧。我们进入梦乡，而他人当我们已经
　　　　　　死了。纸钱为祭拜而准备，为死人的生活
　　　　　　准备。生人为死去的亲人植树，青松翠柏就是
　　　　　　植物帝国的车间，批发蜡烛和蝉蜕下来的寿衣。
　　　　　　寺庙不在其中。哦这样，外婆在电话里，
　　　　　　也说法师的灵验，不谈收成。我祝她寿比南山，
　　　　　　长命百岁。她笑了，说那不成妖怪了。说着，
　　　　　　我仿佛又看见了，她背后一闪一闪的烟袋锅子，
　　　　　　和即将咳出血来的山雨，那么辽阔，那么
　　　　　　无关轻重。

17

柴门虚掩，一只枯萎的手探了出来，
而一个鲜嫩的声音又砌入其中，
隔窗望去，天气晴朗，万里无云①，

―――――――――

① 癸未日，忌嫁娶、作灶、安葬、动土。京师雨，尽为泽国。

外婆坐在井台，看着盆里漂浮的樱桃，
拿起一颗，又拿起另一颗。

2012. 7

《白云工厂》笺注

1. 牙齿成为判断的标准。锋利的不仅是云，还有被撕咬过的记忆。纤维和蛋白质在此纠合，如同男人和女人第一次被区分，如同他们的器官第一次楔入彼此。时间因此有了立场。

2. 当时间从野生，转变成被驯养之态，首先做出反应的是人类之外的事物。神明无处安身，他们退散为我不曾述及的吞咽动作。

3. 碎片。具有代表意义的，必为最普通的一个。

4. 通过对引起注意（面向文本之外）之手段的抛弃，动作被安置于回归的场景之中。它们曾经以偏离习见的形式，生产暴戾。这种更新，虽然更加可感，使各种体验自我警觉。就好像镜片上的斑点，对观察者施加影响，尽管它未曾改变被知觉的对象。然而，不断累加的粗暴，以及其必然带来的遮蔽，促使其在某个节点被擦拭殆尽。除了对效果的追索，责任心也帮助完成对偏离的撬除。

5. 鞭子对应岩石，而非马。生长对应驱赶，而非愉悦。这不构成对"回归"的背叛，也不是对"普通"的消解。只是文本的丰富性，呼唤一种古典的修辞：互文。①

6. 反复申引被提放到一块开阔之地。作为对暧昧的稀释，不是对误读的妥协。相反，它赋予误读介入结构的可能。

7. 长诗最大的敌人是结构的缺席。而诗（文学）的失败，在于无法唤起"注意"。前者充满了对后者的敬意：结构以注意的意志行动。和"误读"成为装置一样，它们不是在尊重读者的意义

上被引入（这种尊重的景象只是一种意外）。

8. 关于资源。给定其速度和复杂性，应被视为常识。例如，抽取菜谱的静止形态和实用功能。

9. 你的声音的尺度，应该成为所有声音的尺度。普通名词，因为被选取的时机，和被放置的场所，而在另外的意义上复苏。

10. 升华的词语（个体的，而非囊括集体记忆），是意识背后的精怪。它们会惊怖绵密之境：纸上偶尔出

---

① 打开迷宫的钥匙悬置于《关于中国的二十三个想象》。

现的草秆。这时就有必要设置一种平舌音，任其制造的滞涩，在节奏的椭圆上震动。

11. 一个诗人不能促使另一个诗人成长，但能带来**不确定性**。整个二十世纪的创制，都围绕着这一假设。

12. 如果说影响，也是事物多过人。

13. 用试管或药剂瓶盛放一种微缩景观：植物的根部。用水或者城市折射日光，用阴霾对照鱼吻。此时，试管、水和阴霾成为了容器。

14. 很明显，橘子性格柔和，易参与，不制造过分亲昵或冷漠的场。这些说明帮助我们发掘其盛放的事件，以及为何被选择盛放，即优先权如何被确定。

15. 深刻像因成熟而坠落的果实，并非缘于阐释。诗人的全部失败都可归结于此：企图说出智慧，而不是拾取它们。因此，必须将创作写作视为重新走向众人的方式。

16. 建筑的坚固和稳定，依靠材料的性质，不如依靠建造它的方式。

17. 景况不会自动来到门前，它们需要见证人敲碎词语之间的引力。必须指出两种错误的呈现：牢记秩序和以句号完成句子。虽然反对以真实骇人，但得承认：真实，最能造就词语彼此的撕咬。可如果仅仅满足于此，诗人该在哪个层面上搭建痛苦，更别提美丽的痛苦。

2012. 7

雪加速的姿态

先是松枝。延伸或者低垂，并非出于自身的意志。

它急促的运动：桦鼠的一次错误判断。

而缓慢和跌落才是疼痛的初速度，用时间开启空间。

云层密集，加深旷野的景深，一种平稳的情绪。

河流表面的部分结冰，另一部分还在流淌，遵从它的

上帝。① 然后，雪走进了植物的默不作声，完成

一次迂回。这种变换形体，不过是为了接近自己，

或别人的伤口。比如野兽的践踏，是带着绝望的双向

　迫害。

这时候，雪就以肉食工厂的身份呈现，可它并不自觉。

同样，关于卡车司机，它也一无所知。厌恶，或由它带来

的喜悦，和存在无关。美丽，和存在无关，不像花朵。

从享受创造开始：挤压，覆盖，发声，染色，回溯，

不知疲倦，它膨胀自我：仍然只是自我。

没有了天上的石头，谁来制作暗影，谁来证明夜晚的

降临。还有，费尽心机的表达，到底逃脱不了重复：

没什么可以通过自身走出自我。手也不能。

2012.9.12

---

① 弗朗西斯·蓬热《水》："白亮，无形，清凉，消极，固守着唯一的堕落：重力。"

广仁王寺

大河在背后流淌，
月亮在催情。
我听着水声，忘了月影。
我看见浮云飞出，
就无法注意其他响动。
同一种美，
对应所有的激情。

2018. 10. 15

第二次造云运动

迷恋正确和失败的诗人，不该在夜归的路上
过分关注星辰的褶皱。他需要，在路灯粗暴的
呼吸中，寻找太阳的暗面。然后，打碎它们，
用疼痛作为黏合剂，重新生产用于在日间行走的骨骼。

他逐渐明白，每天必经之路上蠢蠢欲动的稻田，
和里面隐匿形迹的蛙声，一旦加上围墙，
就没人会误以为是野境。就好像果实，在人们的
洗涤中误入歧途，永无返回枝头的可能。

现在，他每天吃两餐，将跑步改为散步，
或静坐于路边，并且热衷于整理房间。似乎这样，
他身体里和身体外的世界，就能以一种更大的
姿态呈现。可惜的是，他还没有做好准备，制造出

足够大的容器盛装繁密的视域。此刻，他又一次
路过那条马路，稻子已经抽穗，没有了蛙声。
风站在云上，他站在马路中央（不过是城市的边缘）。
是的，美无关乎理解，美必须探入更加危险的地带。

2012.9.5—2012.9.7

松　软

我想说植物，但一定不能从它们的形态开始。
一成不变的叶片需要修改，向下生长的根
也不能成为固定身份的借口。对于规律，应该
保持足够的戒惕。你看到花朵呈现"美丽"，
然后产出可以吃的果实，似乎被览阅就是它们
全部的挣扎。再如青苔，侍奉岩石或者窗沿，
在顺从之外，那些涌动的水分和不安，
便轻而易举被放过。所有的这些，并非它们的
不幸。傲慢像蝴蝶抖动的鳞粉：穿上它们
并不会制造羽翅和炫彩。即使入秋，燥热感
也总会在一些人身上停留。立场，早已成为楔入
语言的装置：你想到什么，它们先说。

2012. 9. 10

小镇青年

孔子登东山而小鲁，登泰山而小天下。

不上课的午后，天气正正好，
蝉声尚未结成阵势。
他本可逆着车流，直达电影院，
但一阵莫名的无聊突然袭来。
看着街边横生的茶座、台球吧，
和电脑培训学校，
毫无感觉，他既没有得到，
也无法失去。

结果他还是拐进了工人文化宫，
按预定看了《三岔口》。
出来的时候，一时不适应亮光，
眼前一黑，随后阳光像密密麻麻的
子弹，射出天空、马路，
以及马路对面整整齐齐的楼群。
有点疼，有点鲜艳，
但就那么一会儿，一切又回到
最初的样子：蓝色的天空，

县级公路，六层楼，
楼上云影斑驳，一动不动。

在这样所有午后中的一个，
天气无限美好，阳光可以照亮
每一片树叶，他选择
在黑暗中看了一场电影。
又选择在阳光下站了几秒，
很可惜，之后什么也没发生，
世界仍旧。风暴，并未如期而至。

2014. 8. 6

返 航

岛停在水中，云为它
作注脚。屋檐，垂得很低。
而人们，在高处生活。

午后的苏澳，静止不动。
油在锅中沸腾，
老女人拖着污水桶，
拐进巷子，消失不见。

各种声音失去了秩序，
和表达的权利。
海风渐起，俯拾即是，
码头上，空无一人。

但等待无时无刻不在发生，
就像船，总会沿着气味回家。

2013.6.15 台湾宜兰

婉约实验

丑陋的土鹅，拥有美好的肥臀，
会在课室里窃食秘密，
和情爱的痕迹，
然后去小便池里寻找善意。

她制造，属于自己的喧嚣，
也和蠢钝无双的羊群，分享沉默。
裸露的云影，照亮枕戈待旦的
欲望：她的羽毛闪闪发光。

窗外全是景色，里面人把空间
挤成颗粒。眉不够长，唇色嫌淡，
她就渴望得到一座城墙。

到头来，却是从墙上剥落夜色，
从夜色里，看到赭月。

2013. 9. 19

牡羊座传奇

小火车开始加速。绕过我们的
耳朵，抹匀迟到的山光，
像少女一样，谨慎地打探
无法稀释的秘语。像你我一样，
闯进阳光灿烂的午后，又急切地
想要逃开，躲入早已搭好的场景之中。

孤独和若无其事，笨拙或过于
峻峭的男人，在抵抗倦意侵袭的时刻，
都翻转成有关美好的词语。
尽管如此，依然不能过度依赖它们。
即使踮起脚尖，也无法隔山看海，
甚至不能，索取一个用于悔恨的吻。

不如去喝酒，问厨师
每道菜的详细做法，假装跃跃欲试，
热爱生活。然后趁醉回家，收拾房间，
给那盆吊兰浇足水，在黎明前
走向汽车总站，买一张返程车票。

2013. 6. 17 台北

秘而不宣

鱼丽于罶，鲂鳢。君子有酒，多且旨。

应该享受欢愉。用春风和念珠，拼凑一个
露天集市，出售积攒多年的旧物。包括理想，
和无数姑娘的名字。如同幽邃的森林，
是藏身的所在，也是禁锢之地。木床和雪山，
欲望与孤独的一部分，所有曾被温柔对待的情感，
每天选择一种姿态，固执地在我们耳边，
吐着坚硬的骨刺。妥协，并与之为伴。
妥协，并在恰当的时刻，伪装成一起毁灭
的样子。如果不行，就重新接受常识，
慢慢步行到人群之中，收听他们背影里的号叫。
吃有营养的早餐，一天刷两次牙，
在夜深人静的时候，打开冰箱，喝一大口
纯净水。然后悄悄回到床上，彻夜失眠。

2013.8.23

对照篇

—— 致叶晓阳

泉水使山林升高，月影使疼痛升高。

父亲也是。我想到他时，是安静而
低垂的，不可碰触。一种玻璃质的
词语将夜晚笼罩，我应该赤裸上身，
接受另一颗行星的投影。在生活的
背面，人们靠羞耻而生，但我不是。

这是多么不幸的啊。除了穷，还有
对幸福的感知，在旺盛的性欲内部
建造家园。十年了，我仍对一个人
去理发感到绝望。而你，却在暴戾
的末端，抽出颤抖的手指，和块状

的温柔。就是这样，你是你父亲的
儿子：我们唯一无法改变的就是是。

2012. 6. 18

雪拥开城，再睹烧纸

子时已过，我像一个遗失梆子的巡夜人，
在一座活在历史的北方小镇，寻找词语。

十字路口，燃烧冥纸的城市人，
在雪地，划下圆圈，烧里面成群的念想。

纸烟上升，烧纸人身体发烫，
眼里跳跃着，鲜艳的楼群。

我又一次看见，人们潮湿而又兴奋的耳朵。
他们疼爱自己的，和别人的孩子。
放火烧山，挥舞铲子，烹调世代一样的爱情
和欲望。如同园丁一般，修剪死亡
以及陈列死亡的街头。

雪继续落下。落在雪上，落在烧它们的火堆上，
死无对证。
雪前仆后继地落下，灵魂认领了它们的粮食，
慢慢退散。

我也退散，顺手领了其中的一个，然后唱

天干物燥，小心火烛。

2013. 1. 24

美的权力

我在政大宿舍的
吸烟区。天很高，云被风吹着走，
周围全是树，
高过远处的台北地标。
一只蝴蝶落在树上，它鲜艳的翅膀
使我忘了手里的烟，
也吸引了，另一只蝴蝶。

它们在空中纠缠了一会，
又一起落回树上。
我狠狠吸掉最后一口烟，
踩灭烟蒂，
再一抬头，它们已经消失不见。
一截裸露在蜥蜴口外的翅膀，
仍在闪耀。

2013. 5. 7

美的禁忌

从门口出来的时候，
我感到自己充实而富有，善意从
四面八方涌来。
石阶向下。里许外，山色明亮起来，
云朵飞升出隔夜的雨水。
那些停泊的车辆，碾压我紧闭的嘴唇，
然后加速撞击我眼里的春色，
蹒跚学步的快乐。
这里的学生，声音嘹亮地谈论着
某个问题，或安静地享受，
我无法拥有的午后。一对情侣，
漫步在青草摆荡的山坡，
下面是暴涨的河水。在这温柔的时刻
我是那么地格格不入，
我和我的灵魂，都应该毫无保留地
热爱这一切。然而它们却一起
伤害了我，轻易且持久，没有人为此道歉。

2013. 6. 17

诗歌是唤醒也是抵达① （代后记）

采访者：上海交通大学中文系张佳怡

受访者：徐萧

张佳怡：我注意到你在诗集《白云工厂》中的诗歌更多的是一种"无所依从的虚无"，表达了个体的迷茫与空心感："即使发誓忠诚，保守秘密，也不能抵挡醒来时的心灰意冷"（《幽微之域》）。有的甚至直接面对了死亡"只是我，携我的棺木来了"（《威远县》）、"我们还没死过，那么/活着并不显得十分紧要。"（《鹤子草》），"死"成为一个常见的字眼。而在此之后的诗歌"死亡"少见了一些，更多了一分对荒诞的世界与扭曲的人性的审视与嘲讽，比如"正如此刻，出租车一张一翕/衣着光鲜文质彬彬的野兽们鱼贯而出：/一边期待，一边嘲弄蛮荒"（《瘦老虎》），类似的还有那首十分有趣的《扬州会上遇马春林》，你对"赵爱民"的注释让人仿佛看到了你狡黠的眼神，令人忍俊不禁。你的写作是否的确经历过这种变化？这是否是你走出校园走上社会后的一种必然的经历所致？能否请你简单地做

① "中国'80后'诗人手稿大展"系列访谈之一。

些回顾，谈谈你的生活经历，以及它与你写作的关系？

徐萧：人是地域的人，诗人更是地域的诗人。一个诗人终其一生，可能都在回应这个问题：要么扎根，要么超越。但最终都是要超越，而超越的前提是扎根。

我出生在东北农村，那里的农民难见中国文学里农民的敦厚淳朴，更多是将传统农业社会的劣根性发挥得淋漓尽致。我在很小的时候，就见惯了懒惰的人、虚伪的人、色情的人、贪婪的人、凶暴的人。相比于人，自然更能给我安慰。

虽然山不过百米，河不过丈宽，但是四季分明，野性十足。婆婆丁、山蒜、酸浆、泥鳅、青蛙、蕨菜、各种鸟类和不知名的山果，构成了我童年的一大主题。

肖水曾提出"童年写作"，与诗学上的"中年写作"不同，它不是一种即时性的写作，而是一种回溯式的写作。在诗集《白云工厂》里，有很多都可以看成是这个范畴上的作品，比如《狐岩洞记事》《妞河》以及同名长诗《白云工厂》。但是对童年的书写，并不应该是一种简单追索、怀旧，它显然要站在当下重新发现。在这种重新发现的视角下，那些我曾经憎恶的人也进入到书写系统，承担了传统与乡野的部分功能。

考上大学后，我来到了上海。到现在，我在上海生活了 14 年，这是我待过时间最长的城市。我当然不讨厌这里的生活，对这个城市的种种特质甚至还很欣赏。但我至今不会说也听不懂上海话，有意无意间保持着身份和心理上的焦灼感。这种焦灼感，我在沃尔科特身上看到过，在谢默斯·希尼身上看到过，但相比于他们那种巨大的民族性、语言性的焦灼，我的要轻微许多。

尽管如此，它仍然成为我最初写作上的一个暗喻。无论是传统还是现代，无论是乡野还是城市，我的生命体验告诉我，你既无法逃离也无法沉浸，既无法否定也无法认同。我觉得，这就是当代社会的一个折射：它有无数的传统，无数的此刻，没有一个全体共享的经验，也没有一个引领所有人的精神内涵，个体在多个维度上交错，类似于奥运五环。

所以我想把这种时代特性在诗歌中呈现，提出了"在传统与现代之间，在乡野与城市之间"，对它们进行双重审视的"中国性"书写。从一开始（或许准确地说是进入稳定期后），我的写作观念上就比较清晰，我不认为有"无所依从的虚无"，或者个体的迷茫与空心感。

当然，作者的意图是一回事，他人的阅读体验又是一回事。但我不大能认同"寻章摘句"式的批评范式。

我不是那种金句诗人，如果只是那几句就可以概括表达的所指，那何必有其他句子？所以我努力保持一个作品的整体性，每一个词，每一个符号，每一个句子，都有其自身的位置。但这并不是说，诗歌应该如同公式一样，一板一眼，而是对当代诗歌过于任性的一种抵抗。

以上这种写作观，实际上一直笼罩着我的写作。不过正如你所言，在主题和技艺上，我的写作确实有比较明显的变化。《威远县》《鹤子草》是较为早期的诗，仍带有一定的青春期写作痕迹，抒情性较重，虽然为个人情绪引导但其实你在里面不大能得到及物性的体验。里面对"中国性"书写的理解还比较机械，比较意象化。

从《静安寺观雨》《幽微之域》《雪加速的姿态》开始，我希望在增加写作上的难度的同时，在情绪上更为克制，在语言上更为直接、有力。它们实现的根基其实是个体思维上的成熟和复杂。我们常说思想到哪写作就到哪，一个诗人不必成为哲学家或思想家，不必是那种系统的、理论的，但他一定得是不断磨砺思想锐度的思想者。只有如此，面对习以为常，面对波平浪静，他才能观察到里面的反常，才能发现里面潜流翻涌。《扬州会上遇马春林》《瘦老虎》正是在这个意义上更进一步的作品。

走出校园步入社会当然会带来生活上的变化，但不必然带来写作上的丰满。我的诗歌每一次如果有更进一步的变化，或者有让我自己惊喜的进展，主要还是来自内在驱动。这些年我写得不多，有时间上的，有精力上的，各种原因，但最主要的还是我在尽量避免重复，自我复制。我希望每一首新作，都能和旧作有所区别，无论是语言上、形式上还是题材上、经验上，多少是要有点区别于旧作，或者有当代诗歌经验之外的东西。

张佳怡：我上面所说的"对个体的迷茫和空心感""对异化世界和人性的审视"可能是"80后"诗人共同涉及的主题，除此之外，你认为你们这一代"80后"诗人还有其他的共性吗？你怎样看待"80后"诗人群体？那你在创作中如何避免同质化呢？

徐萧：就像我上面说的，我不认为我在写"对个体的迷茫和空心感""对异化世界和人性的审视"，自然我也不认为这是80一代诗人的一个共性。

在我看来，从代际上来说，80一代诗人可能并不存在什么共性。中国新诗史上，存在共性的往往是集体经验下的写作，比如革命诗人、打工诗人。但从代际上来说，大概只有50、60两代比较明显，在写作时间上来说主要指向80年代诗歌。实际上，80年代诗歌写作也不尽相同，今天派和第三代就很不同。

但是在 80 年代末到 90 年代，一个属于全社会共享的经验几乎不存，诗歌写作进入到私人化写作时代。原本并不属于中国新诗的教化、宣传、对抗等附加功能，被重新剥离，诗歌回到了文学，也回到了人学。

所以，我对"共性""同质化"的说法，大抵上是比较怀疑的。这可能是批评家比较喜欢的话语，也可以理解，学术上脱离这些概念大概是比较难以展开的。

80 一代诗人共享了部分经验，比如千禧网络经验、独生子女经验、改革开放红利经验，但这些社会或身份经验并不一定成为诗歌经验。如果说有什么诗歌写作共性，也是和其他领域一样，是在一种小范围、圈层文化内发生。比如校园写作，比如草根写作。

但即使在这些圈层文化内，如果放弃对个体独特写作实践的观察，也很难说能够观察到中国 80 后诗歌写作的真实面貌。

而且，需要注意的是诗人和作品的有效性。我们在谈论一代人的诗歌写作时，不能以最低标准，或者阶段样态来展开。简单来说，有些写作者并不一定会成为诗人，有些作品在时间的逼问下注定是无效的。如果以此展开观察，而得出的结论，也注定不会有效。

张佳怡：你在《〈白云工厂〉笺注》里提到"一个诗人不能促使另一个诗人成长，但能带来不确定性。"有哪位诗人或者作家作品曾给你的诗带来过"不确定性"呢？或者说你认为对于"80后"一代诗人，是否存在影响了你们这一代，甚至让你们焦虑的前辈诗人？你也曾说"帕斯捷尔纳克是如何'拆掉'19世纪的诗歌遗产，并加以革新的呢？他所利用的装置中很重要的一个是现代主义。"那么你利用什么工具摆脱前辈诗人的影响和束缚呢？

徐萧：我想不到有哪个诗人不是在他人的影响下成长的，也想不到有什么诗人是没经过学徒阶段而横空出世、生而知之。像李白、佩索阿、兰波这样的天才，或许这个阶段要短很多，但也不可能跳过。李白的《将进酒》在敦煌文本中就和传世本差异很大，明显有过打磨、修改的过程，这说明他在技术上也在不断修炼。

《〈白云工厂〉笺注》是以长诗《白云工厂》为对象，混合了笔记、诗歌、注释等方式的诗歌，它大致体现了我在那一时期的一些诗学观念。

"一个诗人不能促使另一个诗人成长"，这句话其实不是谈影响的不存在或无意义，而是强调诗人的自我激发，强调诗人对自我音调的追求。如果始终没有个人独特的音调，没有区别于前人或同时代写作者的独特性，那么这个诗人存在的合法性就大打折扣。

影响当然无处不在，但同一个文本可能在不同的意义上对诗人展开影响，这就是我所谓的不确定性，这种不确定性是影响接受者的个体生命体验的结果。所以在这个意义上来看，我没有布鲁姆所谓的"影响的焦虑"——所有的影响不过都是资源，经过"我"的知觉后就带上了"我"的印记。这看上去与我前面说的寻找个体独特性有些矛盾，实际上还是要看具体如何"知觉"，但这与影响本身无关。

在我近20年不长不短的写作过程中，有很多写作资源，其中以中国古典资源，比如诗经、杜甫、李贺、魏晋文章等古典资源，以及米沃什、策兰、T. S. 艾略特、扎加耶夫斯基、E. E. 卡明斯等20世纪诗人为大端。他们都曾在某个阶段给我提供营养和刺激，但就像前面说的，几乎没有构成焦虑或束缚。

张佳怡：你在《静物的激情》一文中说"诗在诗外，通过语言内部的革命完成文本的自足多少有些后坐力不足，外部的刺激往往成为有效的手段。"也曾在《第二次的造云运动》提到"需要，并且必须在城市温顺和粗暴的呼吸中，在人们来不及整理的表情中，寻找能够割伤自己'青山般灵魂'的词语（或者词语的对立面)。"那么对你来说,有效的"外部的刺激"是指什么?在哪里可以找到割伤你灵魂的词语呢?我注意到你在第一本诗集《白云工厂》的扉页中感谢了你的母亲,也读了你"写给女儿的诗",亲人是否是你进行创作的"外部的刺激"呢?

徐萧:《静物的激情》是谈帕斯捷尔纳克的课堂作业,而《第二次造云运动》的那句话是初稿里的,它们实际上谈的有交合点也有差异点。

先说外部刺激。帕斯捷尔纳克最初对植物学十分迷恋,后来又差点走上音乐道路,他对绘画也很有造诣。所以在他后来走上诗歌道路后,这三者共同作为资源开启了其诗人的创作之门。他甚至曾说,"我看到了什么样的观察都会首先击中绘画本能。"所以,他诗歌中的节奏感、现场感以及对自然的敏锐感受力,与这三者对他的涵养不无关系。

韩东曾提出"诗到语言为止"。这箴言式的论断有其时代背景或具体所指,各种讨论很多,这里不多说。我想说,大概没有诗人会相信单纯通过语言的革新就能为写作带来持续的动力。

这时候,引入外部的资源就很有必要,它们代表着某种变化。比如环境的变化、身体时间的变化,比如其他艺术形式或非艺术资源的引入。就我个人来说,绘画尤其是中国古典绘画、抽象艺术、电影、音乐，可以让我保持观念上锐度，而其他非艺术性的事物，比如历史、旅行、社交网络，又往往可以提供题材上的更新。

然后"割伤青山般灵魂的词语"，实际上是一种对语言上的圣洁、唯美风格的警惕。在最初进入诗歌写作的阶段，我多少存在着一种语言洁癖，被传统教育或美学观框定，会在写作时自动过滤一些词语或意向，会自我设定何为美的何为不美的。这其实从根本上来讲，是一种思维定式，是观念上的裹脚布。这是很可怕的。所以我在里面提出"美无关乎理解，美必须探入更加危险的地带"。

至于写母亲、写女儿的诗，其实，对她们来说，多半是无意义的。有意义的只是对我个人的情感以及写作实践，毕竟赠诗并不能真的赠出去。我写她们，只是因为我需要写而已。

张佳怡：文学艺术具有连续性与继承性，只有发展变化，没有凭空出现与突然消失，时间的流逝赋予了文学以特殊的意蕴。文学不管怎样革故鼎新，总是带有传统的烙印，无法完全摆脱过去浸染。正如艾略特所言："一种新艺术作品之产生，同时也就是以前所有的一切艺术作品之变态的复生。"我们也注意到，《白云工厂》时期你的作品有一种对"中国气质"的迷恋（如《与水书》），直到现在这种"中国气质"也没有被你放弃而是被内化了。你是怎样内化和对接了古典中国的？或者说你渴望表现出怎样的"中国气质"？我想并不是仅仅征用古典词汇或典故吧？

徐萧：你说得不错，我提出的"中国气质"当然不是简单地征用古典，它也从来没有试图与古典中国对接。事实上，这也不可能。

一开始，我是在张枣、柏桦等人的"汉风写作"以及陈先发的"新古典主义"等概念下展开的尝试，《与水书》就是这一尝试的一个作品。但即使在那一时期，古典或传统资源（包括新中国的传统）也不是简单地征用，而是希望在对其引入的前提下，对当代中国进行理解。我曾和很多人谈过，我十分反对不加知觉地消费古典意象、古典语言，把诗歌变成文绉绉的东西。没有对现代的关照，传统没有任何意义。

所以后来我都以"中国气质""中国性"来概括。它在技术上表现为对传统中国诗歌或文学气息、节奏、韵味的继承，比如钱起的"曲终人不见，江上数峰青"，这种回荡式的收束方式就对我深有启发。在更大的观念上，它实际上指向了对这片古老又常新的土地的一种挖掘，对其存在以及生活在其上的人的追问。

实际上，一个中国诗人写出来的诗歌，必然是"中国气质""中国性"的，不可能是别的什么东西。这里的"中国诗人"不是国别上的，而是思维和语言上的。但是相对于客观上或者自动地获得"中国性"，我更希望有意识地在自己的作品中加深这种气质。

肖水有段时间曾拒绝在诗歌中写"西方意象"，但他很大程度上并不是从诗学的角度出发。现在他也放弃了这个说法，还迷上了布劳提根。我觉得可能跟我向他一次次阐释"中国气质"有关，虽然他不一定承认。他的"从中国回到中国"，也让我深有启发。

当然，所有的主义、观念，最后都还是要看文本上的呈现如何。如果文本失败，一切都是空谈，你说自己写的是宇宙气质都没用。

张佳怡：你在《读潘维〈雪事〉》中说"然而一个诗人却不应该满足于趣味的固步"，也在《白云工厂》的后记中提到自己从开始的对"中国气质"的迷恋，逐渐过渡到对"准确"和"整体"的探寻是一种"个人趣味的平滑移动"。可以说，你现在的趣味是在中国气质下，谋求一种"精确"写作。你可以具体谈谈所谓的"精确"是指什么吗？你近期有新的"趣味"产生吗？

徐萧：这个问题，前面多少已经回答了。简单说，"中国气质"逐渐成为一种笼罩，我不会在提笔前思考我要写一首中国气质的诗，这个词、这句话、这种表达是不是符合中国气质。所谓气质，就是看不见摸不着又可感可知。

而准确性和整体性，并不是说诗歌应该如同公式一样，一板一眼，而是对当代诗歌过于任性的一种抵抗。我常常把一首诗歌比喻成一座迷宫。它不能是一条笔直的大道，那是通知、说明书、课本或者别的什么，总之不是诗歌。它也不能是通向不同之地的三岔路。

诗人在搭建这座迷宫的时候，必须有一个想要抵达的出口，也就是说诗人首先要面对的是自己，首先要对自己真诚。如果你对自己都不真诚，如何期待诗歌可以真诚？然后是那些歧路，它们的存在保证了迷宫的本体性——没有了它们，迷宫如何称其为迷宫。

这大概就是我所谓的准确性和整体性的内涵。一首诗当然可以有歧路，但是它们不应该喧宾夺主，不应该过度消耗注意力，它们应该在适当的时机和位置出现。乍看上去，似乎有些暧昧和不稳定，但实际上并不能轻易撼动其位置。

当代诗歌中充斥了暧昧和不稳定，凭借直觉写作，自己也不清楚为什么这里这样写而不那样写，为什么用这个意象或词语而不能用其他的。直觉当然对诗人尤为重要，甚至有时候是区分诗人优劣的重要指标。但任由直觉泛滥，其实就是不真诚。

而真诚并不是一种态度，而是能力。

张佳怡：已经有学者认识到，一些诗人的成就并不仅仅局限于创作本身，相比之下，他们的实践更为丰富，影响也要远远超出于具体的文类领域。比如上海交通大学的何言宏教授就曾说诗人们"所创造与形成的，实际上已属于文学文化的范畴，具有文学文化的重要意义"。事实上，许多诗人都希望有人能看见他们作品背后鲜活而完整的东西，你是否也是这样呢？你希望他人具体看见的是什么呢？

徐萧：当代诗人对于"知音"的渴求已经明显减弱了，或者说，在客观现实下，并不抱持期待了。1990年代以来，私人化写作、消费主义等等因素综合作用下，当代诗歌与大众分离程度越来越大，双方的分歧也越来越大。当代诗歌几乎彻底进入圈层文化之中，"写诗的人比读诗的人多"大概就是这种生态的一个夸张表述。所以诗人们已经不求理解，但求对当代诗歌少些偏见和诋毁。

我其实不太理解你说的不局限于创作本身的成就是指什么，一个诗人如果不是创作带给他成就，那这种成就和诗歌有什么关系，和他是诗人的身份有什么关系？

我自己来说，当然希望自己的诗歌有更多人读，但这种期待大概和一夜暴富的期待相近。有更多人读都是奢求，还要读出"背后鲜活而完整的东西"，那简直太不要脸了。实际上，相比这些，我更愿意看到同行的阅读或文学界的认可。

张佳怡：你曾批评"我们从小所受的现代诗阅读广度、审美训练相当少"、我们的教育系统"从没把诗歌写作或诗歌阅读当成一门需要训练的技艺"。但是你又说过"诗歌本质上是一少部分人的活动，它天然地拒绝一些人，主动或被动地疏离一些人""对于那些希望达到语言的边界、在技艺和思考上深耕细作的诗人来说，受众的感受显然不是诗歌写作中重要的一个因素，甚至更进一步的根本不会考虑受众"。既然诗歌是少部分人的活动、既然诗人不考虑受众，那我们接受诗歌审美训练的意义体现在哪里？你如何解释这种矛盾性呢？

徐萧：这里面是站在不同的对象立场而言的。作为诗人，前面说了，当然希望自己的作品有更多人来读。但是在进行创作之时，面对的只有语言，只有诗歌本身，而不会也不应该考虑我怎么写才会更受欢迎，这句话是不是符合读者的审美趣味。

历史上，诗歌和大众结合最紧密的时代，往往都不是诗歌本身的召唤，而是掺杂了许多非诗歌的因素，政治的，社会的。比如唐宋，是因为写诗可以做官。再比如80年代，诗歌成了反抗、控诉极端年代的先声。

实际上，包括诗歌在内的艺术形式，都具有一定的门槛或壁垒，它们与电影、电视、地方戏曲等大众文化，虽然说不上泾渭分明，但也是相当不同的。这就是诗歌本质上是小众的、非主流的原因。诗歌现在与大众的分离，也不过是回到了其原本的位置。

至于公众接受诗歌或审美教育，它的意义主要不是从诗人的角度考虑的，而是作为人，作为现代公民，这方面的缺失会造成很多问题。我们的中小学语文教科书，新诗少得可怜，在有限的体量里，中国部分以现代诗人、革命诗人为主，间或有一些朦胧诗（今天派），几乎都是90年代之前的作品。外国部分，我们熟知的那些20世纪的伟大作品也几乎看不到。音乐、美术课形同虚设。

近些年，虽然公众对逛博物馆、美术馆、艺术馆热情逐渐提高，但和其他发达国家相比，仍然差距很大。这其中又有一大部分是跟风心态、打卡心态、逛超市心态，比如莫奈展在中国大火，而贾科梅蒂则鲜有问津。

审美教育上的缺失或者不足，是我们当下社会文化粗鄙化、功利化、道德稀薄化的一大因素。一个爱诗歌爱音乐的人，其坏的程度往往就比较有限，一个有较高审美能力的人，其做人也往往比较有底线。所以这是艺术与人的问题，而不是与诗人的问题。

张佳怡：西川为"中国80后诗系"作序时提道："有才华的诗人代代都有，但有意义的诗人却不常见。"你也在《静物的激情》里提道："诗人都是自命不凡的一群，对于真正的诗人来说，他们所进行的诗歌创作，无不是一种承担，一种使命。"你怎样理解"有意义的诗人"？你自己所认为的诗歌创作的"承担/使命"是什么，或者更褊狭地说，这种"承担/使命"在你这一代诗人中真切存在吗？

徐萧：我无意去理解西川所说的"有意义的诗人"本意为何。我理解的有意义的诗人最低标准是具有独特性和辨识度的诗人，比较高的标准是百年后仍然能够给人以启迪的诗人。

我不认为诗歌或诗人需要承担什么，有什么使命。如果非要说承担、使命，那么诗人唯一的使命就是写诗，就是写出"完美"的诗歌：它们可能是唤醒，可能是抵达，可能是光与更亮的光、夜与更暗的夜，可能是站在人的一侧，也可能是对人的终极拷问。至于其他，都不归诗人和诗歌负责。

张佳怡：我们知道，你曾任复旦诗社的社长，也曾获首届复旦"光华诗歌奖"和第六届北大"未名诗歌奖"等奖项，作为出身于学院派的青年，你如何看这些校园诗社和评奖活动以及目前的学院派青年的诗歌创作？

徐萧：说到学院派，我想先说几句题外话。现在在很多人看来学院派已经不是一个特别好的词了，但我还是很珍视学院俩字。学院代表着接受教育，接受教育总比没能接受教育要好一点。但是派就不一定好了，因为它可以预示着一种固化。什么东西一旦固化，就很不好。

我也不认为有什么口语写作、民间写作和知识分子写作的分野。这些概念大部分在某种程度上只是立场或姿态，在写作本身上，其实不存在什么口语、民间或知识分子。一首符合当代诗歌审美或者超越当代诗歌审美的诗，我意思是，在平均水准以上的诗歌，不可能是口语的、民间的，真正的口语不那么说话，真正的民间和草根也不会去写去读。它们都是艺术性的。

现在"90后""00后"一代，读不上大学越来越少。越往后，无法接受教育的就越少，非学院出身的诗人也必然越来越少。所以高校现在是，将来更是青年诗人诞生、出场的地方。

校园社团和奖项最重要的功能是鼓励和发掘。写诗当然是私人的，但写作者不是，在一个年轻诗歌爱好者开始接近诗歌时，如果有一群志同道合的朋友在身边相互砥砺相互鼓舞，是一件很值得庆幸的事，它不仅可以给予年轻写作者以精神安慰，更可以帮助其获得提点，打开视野。

至于现在大学生的创作情况，我因为离开校园挺久了，很难有个客观准确的观察。但从这几届我做光华诗歌奖评委来看，整体上很有活力，写得像模像样的很多。

张佳怡：你认为"历史个人化或日常化写作无疑在各个层面上拓展了中国当代诗歌的语言边界，丰富了诗歌的层次，使得当代诗歌呈现出一种前所未有的活泼、深刻和复杂。但另一方面，个人日常经验的独特性为解读和共鸣带来了巨大的障碍——诗变得越来越难懂了，而这正是当代诗歌与大众进一步分离和饱受舆论诟病的根源性原因之一。"那么碎片化的当下生活到底是不是诗歌写作需要走出的困境呢？你有感觉到自己的诗歌偏向私人经验的趋势吗？面对这种情况，历史的公共性话语是否有介入的必要？

徐萧：这段话主要是为当代诗歌"辩护"的媒体评论，所以它不是在指责私人化写作，或者诗人把诗歌写得难懂，而主要是谈诗歌与大众分离的客观性。如果说指责，也是在后文说的，大众的诗歌审美能力并没有跟上诗歌写作的发展。这其实也不是在指责大众，而是在谈我们的诗歌教育或者上面谈的审美教育的缺失。

当代诗歌写作当然不是没有问题，但不是这个话题里的问题，不是和大众间的问题，也就没有什么需要走出的困境。如果说如何试着消弭一点双方的鸿沟，类似于"诗歌来到美术馆"那样的公益性诗歌普及活动或许是个不错的方式。

而我个人的写作，不是偏向私人经验，而是它一直都是私人经验，也只能是私人经验。我只能写我自己的生活。经验是私人的，但情感是共通的。我希望通过我的生活，写出人的普遍情感、普遍的人性。

张佳怡：我看到了你发表在澎湃新闻上的一些文章，你多次提到大众注意的几乎都是"诗歌事件"而不是"诗歌文本"，吸引人们的只有最刺激最爆炸的。不可否认，这是消费时代所带来的弊端，是对真正诗人的伤害。你看到这种情境内心有何感受呢？你认为诗歌有没有办法能摆脱靠"绯闻"取胜的状态？

徐萧：我一直希望能够借助自己的媒体身份，在尽可能的范围内，呈现当代诗歌积极、多样、活跃的生态，也总是在出现一些争议、污名化的时候，为当代诗歌一辩。然而结果似乎没什么改变，犹如飞蛾扑火。

我认为诗歌可以没有读者，与大众关系不那么紧密都没有关系。我采访过美国、英国、德国、爱尔兰、罗马尼亚、西班牙、波兰、巴西、挪威、阿根廷、韩国、日本等很多国家的诗人，在他们那里，诗集也卖不出，一般老百姓也不读诗。有些国家稍微好一点，比如波兰这种对诗歌热情很高的国家。但是没有一个国家像我们一样，当代诗人或当代诗歌会遭受如此多的谩骂、争议和污名。

可以不读，可以看不懂，但对自己不懂和不了解的事物，不用说尊重，起码应该保持一种平和的态度。这个是当下中国社会一个可以看见的病态现象，越是不懂越是理直气壮。戴锦华不就发问过吗——"为什么国人看不懂艺术片还理直气壮？看不懂就回去惭愧、回去学习，有什么脸在这儿喊'看不懂'？拿'看不懂'作为理由，理直气壮地否认艺术、否认思想，这个历史太悠久了。"

这个历史是太悠久了，但似乎于今为烈。改革开放后，中国人的自我意识被打开，加上知识共享的程度加深，个人意志在得到一定舒张的同时，一些相对安全领域的权威逐渐可以被反对，被质疑。可以质疑权威当然很好。怀疑精神，正是科学的起点，也是现代文明得以发展的动力。然而不给出理由和根据的怀疑，只能催生出一种危险的情绪——反智。

所以在我们社会整体的人文素养、审美能力、艺术修养显著提高之前，在我们的无知无畏和反智情绪逐渐偃旗息鼓之前，我看不到当代诗歌在大众舆论或媒介上获胜的可能性。

图书在版编目（ＣＩＰ）数据

万物法则 / 徐萧著. -- 武汉：长江文艺出版社，
2020.11
（第 36 届青春诗会诗丛）
ISBN 978-7-5702-1879-0

Ⅰ．①万… Ⅱ．①徐… Ⅲ．①诗集－中国－当代
Ⅳ．①I227

中国版本图书馆 CIP 数据核字(2020)第 205592 号

特约编辑：蓝　野

责任编辑：胡　璇　　　　　　　　　　责任校对：毛　娟

封面设计：璞　间　　　　　　　　　　责任印制：邱　莉　　王光兴

出版：长江出版传媒 | 长江文艺出版社

地址：武汉市雄楚大街 268 号　　　　邮编：430070

发行：长江文艺出版社

http://www.cjlap.com

印刷：湖北新华印务有限公司

开本：850 毫米×1168 毫米　　　1/32　　印张：4.75　　插页：4 页

版次：2020 年 11 月第 1 版　　　　2020 年 11 月第 1 次印刷

行数：2722 行

定价：46.00 元